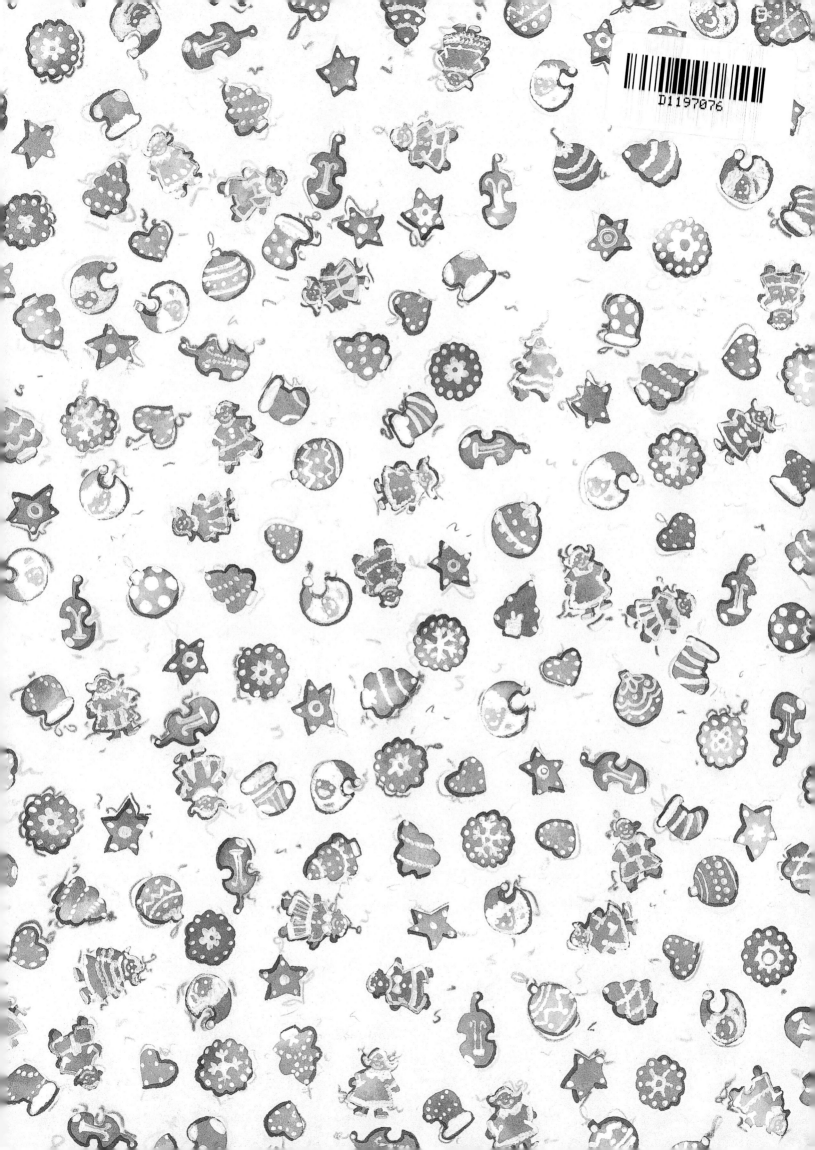

Décembre

ou
Les 24 jours de Juliette

texte et illustrations d'Hélène Desputeaux
muse graphique : Michel Aubin

Nous remercions le Conseil des
Arts du Canada de l'aide accordée
à notre programme de publication
et la SODEC pour son appui
financier en vertu du Programme
d'aide aux entreprises du livre
et de l'édition spécialisée.

Nous reconnaissons l'aide financière
du gouvernement du Canada par
l'entremise du Programme d'aide
au développement de l'industrie
de l'édition (PADIÉ) pour nos
activités d'édition.

Gouvernement du Québec – Programme
de crédits d'impôt pour l'édition
de livres – Gestion SODEC

Décembre ou les 24 jours de Juliette
a été publié sous la direction de Michel Aubin.

Design graphique : Bruno Ricca
Révision : Louise Chabalier
Correction : Anne-Marie Théorêt

Diffusion au Canada
Diffusion Dimedia inc.
539, boulevard Lebeau
Saint-Laurent (Québec)
H4N 1S2

Diffusion en Europe
Le Seuil

© 2006 Hélène Desputeaux
et les éditions Les 400 coups
Montréal (Québec) Canada

Dépôt légal – 4ᵉ trimestre 2006
Bibliothèque et Archives nationales du Québec
Bibliothèque et Archives Canada

ISBN 10 : 2-89540-310-4
ISBN 13 : 978-2-89540-310-4

Loi 49-956 du 16 juillet 1949 sur les
publications destinées à la jeunesse.

Catalogage avant publication de Bibliothèque et Archives Canada

Desputeaux, Hélène

   Décembre, ou, Les 24 jours de Juliette

   Pour les jeunes.

   ISBN-13: 978-2-89540-310-4
   ISBN-10: 2-89540-310-4

   I. Titre. II. Titre: 24 jours de Juliette. III. Titre: Vingt-quatre jours de Juliette.

PS8557.E841D42 2006   jC843'.54   C2006-941826-8
PS9557.E841D42 2006

Pour Juju et pour tous les amoureux du rêve et de la fête !

Le 1ᵉʳ jour de décembre…
moi, Juliette, je compte,
compte les dodos,
beaucoup de dodos,
avant le coucou du père Noël…

1, 2, 3, 4, 5, 6, 7, 8, 9, 10…

Le 2ᵉ jour de décembre…
crayons, enveloppe et papier :
Cher père Noël,
je t'aime, bisous bisous,
un dessin, pour toi et tes lutins…
X X X de Juliette

Le 3e jour de décembre…
des comptines et des chansons
qui parlent d'étoiles
et de sapins,
je chante fort avec tous les copains…
Tra la la la lèèè… re !

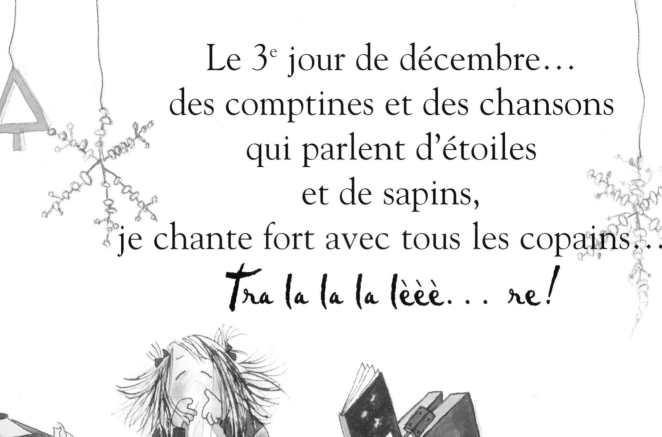

Le 4ᵉ jour de décembre…
que c'est long d'attendre,
le jour s'étire,
les jours sont noirs,
Noël n'est pas encore arrivé…
C'est loin, Noël ?

Le 5ᵉ jour de décembre…
il neige et il neige
en mille flocons
tout blancs, tout ronds
qui fondent sur le bout de mon nez…
Ça chatouille !

Le 6ᵉ jour de décembre…
je découpe des cristaux,
un coup de ciseaux,
des petits trous,
il tombe une neige de papier…
C'est la tempête !

Le 7ᵉ jour de décembre…
c'est le jour de mon concert,
le son du violon,
les chants des enfants,
c'est Noël devant tout plein de gens…
Je suis gênée !

Le 8ᵉ jour de décembre…
une couronne sur la porte,
j'enfile des canneberges
et le maïs soufflé,
ce sera le cadeau de Noël…
Des moineaux, des mésanges
et des geais !

Le 9ᵉ jour de décembre…
des lumières sont apparues,
rouges, jaunes et bleues,
dans la maison,
dans la rue et sur notre balcon…
Hooooooooooo!

Le 10ᵉ jour de décembre…
la peinture et des pinceaux,
trois ou quatre cocottes,
deux ou six grelots,
et voici toutes mes décorations…
Avec la couleur sur ma joue !

Le 11ᵉ jour de décembre…
un jour… il était une fois…
la nuit belle de Noël,
de nombreuses histoires
lues par papa, maman et ma grande sœur…
Collés, collés sous la couette !

Le 12ᵉ jour de décembre…
moi, Juliette, et ma famille,
nous partons chercher
le sapin dodu,
celui qui brillera chez moi…
Que ça sent bon !

Le 13e jour de décembre…
des guirlandes et des étoiles,
des pères Noël,
des écorces d'orange,
on habille mon sapin de Noël…
Enveloppés de musique de Noël !

Le 14ᵉ jour de décembre ?
toute seule je réfléchis :
Pourquoi Noël ?
Pour qui Noël ?
Noël est-il dans toutes les maisons…
Ou seulement dans les magasins ?

Le 15ᵉ jour de décembre…
il y a une lettre… pour moi ?
Est-ce le père Noël ?
C'est grand-maman
qui embrasse sa Juju d'amour…
Merci, monsieur le facteur !

Le 16ᵉ jour de décembre…
je fabrique mes surprises
pour ceux que j'aime,
des jolies cartes,
j'écris Noël avec deux boules sur le E…
Toute seule !

Le 17e jour de décembre…
farine, muscade et gingembre
en forme de sapins,
de cloches et de bonshommes,
je fabrique les biscuits de Noël…

Miummium… Noël va peut-être arriver!

Le 18ᵉ jour de décembre…
journée spéciale à l'école,
petit-déjeuner,
présentations,
bon Noël et joyeuses vacances !…
Youpi, c'est Noël !

Le 19ᵉ jour de décembre…
quel parfum dans la cuisine !
Des gâteaux, des tartes,
des tourtières dorées,
ça sent la fête de Noël qui approche…
Est-ce que je peux goûter ?

Le 20ᵉ jour de décembre…
je réfléchis dans ma chambre,
trop énervée,
trop fatiguée,
j'ai fait tomber le sapin de Noël…
Et toutes ses décorations…

Le 21ᵉ jour de décembre…
le chiffon et le savon,
hop ! les traîneries,
hop ! la poussière,
dans ma chambre et dans toute la maison…
Sous mon lit aussi !

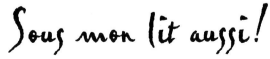

Le 22ᵉ jour de décembre…
tempête terrible dans le ciel,
je dois déneiger
pour le père Noël,
sinon il ne trouvera pas ma maison…

Sauf avec de bonnes lunettes !

Le 23e jour de décembre…
j'accroche de longues chaussettes
rouges à pois verts
et qui sentent bon
pour des surprises, bonbons et chocolats…
Une clémentine et une patate aussi !

Le 24ᵉ jour de décembre…
voici l'assiette du père Noël
que je prépare,
deux biscuits, du lait,
ou peut-être un grand verre de vin rouge…
Du vin rouge ?

Et me voici, la Juliette
qui a fêté toute la nuit,
soufflé dans une flûte,
joué et chanté…
Voici enfin Noël !

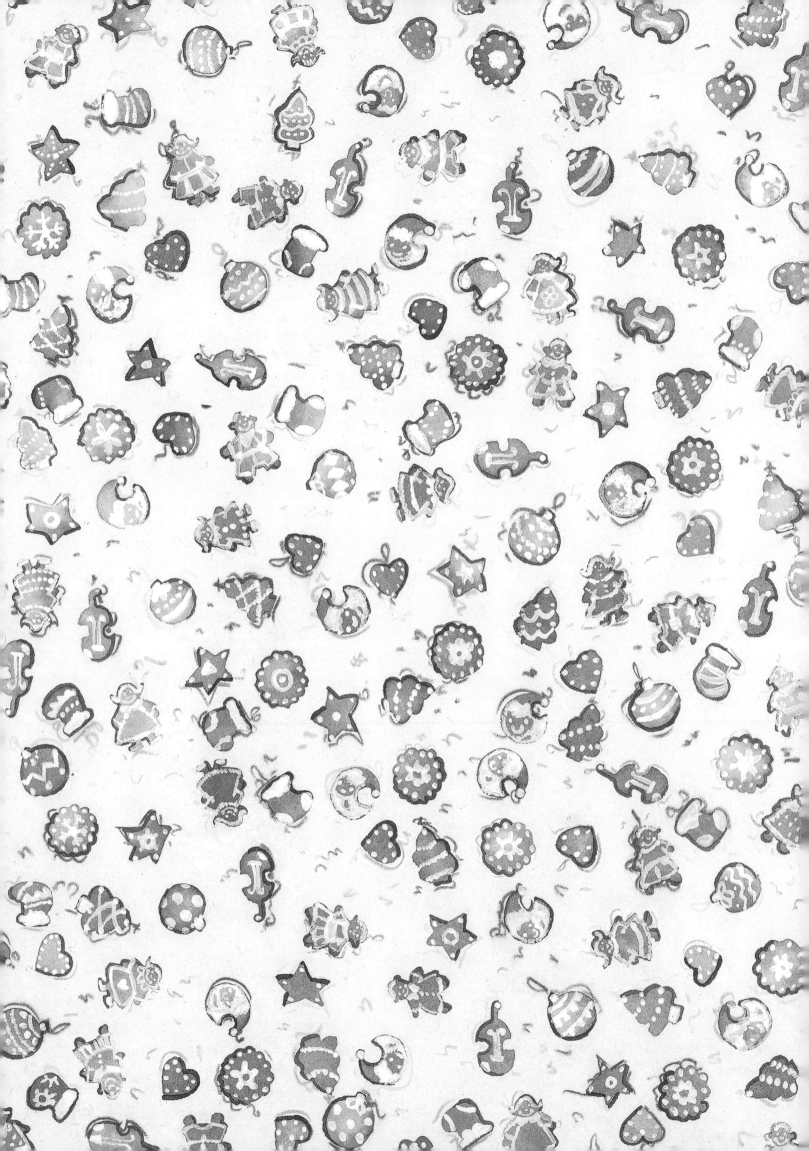